장철문

장철문

산벚나무의 저녁

산벚나무의 저녁

장 철 문 시 집

창작과
비평사

차 례

제1부

내 복통에 문병 가다

그가 통증을 알려왔네
그의 문병을 갔지
그는 아프고,
그의 곁에 앉아 있었네
소식을 듣고 달려온 친구가
그의 이마를 짚으며 혀를 찼네
그 친구를 물끄러미 바라보았지
친구는 조용히 일어나 돌아갔네
그는 앓고 있었네
아무 걱정도 없이 앓고 있었네
그를 걱정하는 것은 오히려
그의 친구들이었네
그와 그의 친구들을 바라보았네
통증은 그의 몫이고
불안과 걱정은 그의 몫이 아니었네
친구들은 모두 돌아갔네
그는 아프고, 그의 곁에서 바라보았네

그 또한 통증을 두고
돌아갔네
통증도 돌아갔네

기억의 프로펠러

내 집 헛간에는 낡은 프로펠러
먼 옛적으로부터 날아온
위험한 프로펠러
몸체를 잃은,
회전을 다 마치지 못한 프로펠러
한적한 마을의
나무와 지붕을 날리고
사람을 다치고
소와 닭들을 울부짖게 하는 프로펠러
하늘 귀퉁이만 비쳐도
기억의 광기로 씩씩거리며 헐떡이며
허물을 벗는 프로펠러
떨어져나온 엔진의 기억을
다 소진하지 못한,
식어버린 엔진의 미련에
헐떡이는
위험천만한 프로펠러

녹슨 갑옷을 입고

먼지 속에 몸을 누인 프로펠러

곧 쉬어야 할.

집

낡은 카드보드 그림자로 지어지네, 내 집은
못도 없이 홈도 없이 얹혀지네
골마루에 오동나무 그림자가 자라고, 풀무치가 날고,
뱀이 깃들이고, 하늘이 열리고, 들이 보이고, 긴 강물에
물비늘이 반짝이네, 낡은 카드보드 그림자 사이로.
꽃씨 하나 날아와 얹혀도 지붕이 기울고
거미줄에 걸려 퍼덕이는 파리 날갯짓에도 벽이 헐려
모기 소리가 와서 새로 짓고 가네
바람에 날려서
끝없이 새로 지어지는 집
축대도 방풍림도 없이
흘러내리는 집
어제는 희고 빛나는 하늘기둥 하나 내려와
한 두어 천년쯤 버틸 들보가 얹히나 했더니,
오늘 한번 눈짓에 삭정이처럼 내려앉네
바람이 와서 짓고 가는 집
이웃의 망치소리와 톱날 돌아가는 소리로 지어지는 집
먼 들의 황소 울음소리가 마구간을 채우는 집

석양에 바나나꽃을 보다

커다란 자줏빛 꽃이 진다
너저분한 속내를 다 드러내며
켜켜이 떨어져서는
먼지 속에 뒹군다
손가락 하나 까닥할 수 없다
개미떼가 몰려와
떨어진 꽃잎을 물어뜯는다
바라볼 수밖에는 없다,
이 속수무책의
외로운 충만을.
잘 벼려진 석양에 베여
툭
또 한 잎 떨어진다

돌아갈 수 없다

저녁때 차를 끓이다

난방이 없는 남방의 우기에
전기마저 드물어
찻물 끓는 소리의 기억만이 차를 끓이는
빈집
바람 몇날 찾아와
놀자고
팔을 감고 간다
보라고,
우기 끝물의 대평원에 노을이 진다
한채의 빈 집으로 앉아서
차를 끓이는 저녁때
싱거운 시 한편 찾아와 빈 잔을 채운다

마술

우리 어머니 요술쟁이 없는 마술을 낳으셨네
우리 어머니 무엇을 낳으셨나?
껍데기도 없이 텅 비었네
우리 어머니 어떻게 아들을 부르시나?
당신의 아들을 찾을 수 없네
아들 없는 우리 어머니 어디에 계시나?

남방의 여자

원주민 여자가 흙을 나른다
땡볕 속에 구릿빛 얼굴
낡은 군복 상의에
땟국 낀 치마
군복 모자가 함지에 눌렸다
살갗이 흰 도시여자의 말에
자신은 이 세상에 아무 권리도 없다는 듯
흙을 인 채 그 앞에 서 있다

어머니가 그랬다

창틀의 도마뱀 꼬리

개미들이 도마뱀 꼬리를 먹고 있다
급한 김에
꼬리는 두고 갔는데
그것이 개미들의 식량이 되고 있는 줄
도마뱀은 알고 있을까
개미들은 알고 있을까,
그것은 벗겨진 신발이 아니라
누군가의 몸이었다는 것을.
도마뱀 꼬리에서
걸레 썩는 냄새가 난다
견딜 수 없는 빵 냄새를 향하여
개미들은 떼지어 몰려온다
햇볕 쨍한 창틀
무심코 창을 닫은 손길이
검푸르게 식어서 뜯겨나가는
몸뚱이 잃은 꼬리를 만들었다
아니, 빵을.

사람이 사는 숲

다섯 달 동안 저 숲을 바라보았다
사원 건너편, 내 숙소의 창으로 보이는
저 숲이 늘 아름답다고 생각했다
오늘 아침 우 꾸살라와 함께 저 숲에 가보았다
거기 가난한 사람들이 살고 있었다
나는 전혀 알지 못했다
그냥 아름다운 숲이거니 생각했다
바람이 숭숭 드나들고 비가 새는 집을
고치지도 않고
짐승처럼 살았지만,
그들은 숲에 깃들여 숲과 함께 살았다
그들이 사는 것을 보는 것이 나는 슬펐고,
기분 나쁘지 않았다
우 꾸살라가 다가서서 길을 물을 때,
그들이 뭐라고 뭐라고 대답하는 소리를 듣는 게 좋았
다
전혀 알아들을 수 없지만,

그것이 다정한 사람들의 말인 걸 알 수 있었다
그들의 옷과 잇새는 너무나 더러웠지만,
그들과 함께 서 있는 것이 참 편안했다
숲은 아름답다
거기 사람들이 산다

* 우 꾸살라(U Kusala)는 나의 도반이었다. 올해 서른여덟인
그는 네번째 안거를 나고 있었다. 첫번째 안거는 아버지를
위해, 두번째 안거는 어머니를 위해, 세번째 안거는 자신을
위해 난다는 미얀마의 전통에 따라 그는 3년 동안 승려생활
을 했지만, 자신에게는 부족하다고 느껴 4년째 승려생활을
하고 있었다.

바람의 전쟁

며칠 사이 바람이 남서풍에서 북동풍으로 바뀌었다. 한나절이 멀다 하고 퍼붓던 스콜이 힘없이 왔다 갔다 했다. 바람이 서로 머리를 들이밀며 실력행사를 하는 소리가 하늘이 깨어지는 것 같았다.

새벽 수행을 위해 숙소에서 담마홀로 가다가 바람소리에 붙잡혀 한참을 서 있었다. 서로 맞선 바람이 무슨 쇠철판이나 되는 듯 우격다짐으로 어깨를 밀며 깨어지는 소리가 대기를 찢었다.

지금 저 소리가 어디에 숨어 있다가 이토록 무지막지하게 터져나오는가 하고 서 있었다. 내가 어디에서 놀다가 어머니의 자궁으로부터 나온 것일까 하는 것처럼.

맞대거리에서 슬쩍 놓여난 한자락이 말채찍처럼 휘몰아치자 수백의 바나나 잎새들이 말갈기처럼 일제히 그 끝을 남서쪽으로 향했다.

우 꾸살라가 새벽 수행을 위해 가다가 옆으로 다가와서 가만히 말했다.

"바람이 부딪치는 거야."

그 새벽에 담마홀에 가서 나는 마음의 무지막지한 바람의 실력행사를 바라보았다. 이 바람이 어디서 오는가 하는 호기심과, 또 어디로부터 오는 두려움을 내내 바라보았다.

건기가 와서 맨머리에 햇살이 따갑고, 그늘에 들어서면 메밀묵을 먹은 것처럼 싸했다.

제2부

산벚나무의 저녁

민박 표지도 없는 외딴집. 아들은 저 아래 터널 뚫는 공사장에서 죽고, 며늘아기는 보상금을 들고 집 나갔다 한다. 산채나물에 숭늉까지 잘 얻어먹고, 삐그덕거리는 널빤지 밑이 휑한 뒷간을 걱정하며 화장지를 가지러 간다. 삽짝 없는 돌담 한켠 산벚꽃이 환하다. 손주놈이 뽀르르 나와 마당 가운데서 엉덩이를 깐다. 득달같이 달려온 누렁이가, 땅에 떨어질세라 가래똥을 널름널름 받아먹는다. 누렁이는 다시 산벚나무 우듬지를 향해 들린 똥꼬를 찰지게 핥는다. 손주놈이 마루로 올라서자 내게로 달려온 녀석이 앞가슴으로 뛰어오른다. 주춤주춤 물러서는 꼴을 까르르 까르르 웃던 손주놈이 내려와 녀석의 목덜미를 쓴다. 녀석은 꼬리를 상모같이 흔들며 긴 혓바닥으로 손주놈의 턱을 바투 핥는다. 저물어가는 골짜기 산벚꽃이 희다.

아침 샛강

아랫도리가 풀리고, 입술이 부르트도록
한 보름 밤낮없이 일하고
막 놓여난 아침,
아침 안개 속에 샛강을 본다
조용히 모래톱을 쓸고 가는
샛강,
내게도 이런 아침은 와서
지난 밤낮의 열기와 툴툴거림을
내려놓는다
바람은 내 살갗에 와서
태어난다
강은 가만히 모래톱을 쓸고
나는 안개 한허리를 비우고 간다

섬

적막하다

아내의 뒤척임 소리
적막하다

파도소리
적막하다

사위가 다 수평선인 것같이
하늘과 땅이
다 허공인 것같이

적막하다

이 적막에 들려고
먼 뱃길 왔나?

적막하다

들여다볼밖에
그저 들여다볼밖에
도리없는
이 적막

움쩍할 수 없이

버스정류장에서

한 여자가 저쪽을 흘끗흘끗 돌아보며
셔터 내려진 상가 기둥 옆에
얼굴을 묻고 앉아 운다
볼에 달라붙은 머리카락을 걷어내며 운다
한 남자가 길 가운데서
자기 여자의 뺨과 귓불과 입술에
연방 입을 갖다댄다
여자의 영혼이 뺨과 귓불과 입술에서
휘발하는 중일까
여자는 다소곳이 그걸 받으며 서 있다
단호하게 팔짱을 끼고 선 아내 뒤에서
나는 담배에 불을 붙이고,
누가 올 것 같지도 않은데
자꾸 돌아보는 여자와,
연방 들이쉬듯 입술을 갖다대는 남자와,
눈을 내리뜨듯 내어맡긴 여자와,
버스 오는 쪽만 바라보고 선 아내를 번갈아 본다

남자는 다시 가만히 여자의 머리카락을 젖히고
스치듯 이마에 입술을 갖다댄다
달라붙은 머리카락을 걷어내며
여자는 다시 저쪽을 바라보다 운다
아내는 팔짱을 풀고 버스 쪽으로 걸어가고
나도 지갑을 꺼내 들고 따라간다
머리카락이 젖은 여자는 고개를 숙이고 오르다가
또 한번 뒤를 돌아본다
여자의 허리를 안은 남자는 버스에 오르기가 불편하다
버스는 곧 액셀러레이터 속에 그들을 삼킨다

이 바람

허리케인이나 타이푼 같은 것들은
하룻밤이면 지나가는 것이지만,
바람도 이런 바람은
바람이라 할 수도 없는 것이어서
저 안드로메다 성운 너머
몇천만년 전에 죽은 별에서 오는
별빛 같은 것이다
서북풍이나 남동풍 같은 것들은
나뭇가지 흔들리는 것으로나 알고
바다에 밀물지는 것은
강물이 거꾸로 오는 것으로나 알지만,
바람도 이런 바람은
어느 나뭇가지를 흔들고 와서
무슨 물살을 일렁이고 가는지도 모르는 것이다
말하자면, 저 밤낮없이 흐르는
강물 같은 것이어서
움켜쥔 젖은 손만이 남는 것이고

이 한밤과 같은 것이어서
헤드라이트 불빛으로 밀고 가도
젓가락짝만한 구멍이나 허락하는 것이다
몇천만년 검은 통속을 흘러온 것 같은
이 축축하고 면면한 것을
이 밤에 나는
도무지 손쓸 수 없이 바라보는 것이다

개구리

저 놈의 목탁 소리!

무슨 고통을 벗느라
저리
살목탁을 치나

무슨 서원(誓願)이
한밤을
떠메고 가나

마르고 닳도록 쳐도 깨지지 않는
목탁,

어느 천년에
떼울음 적정(寂靜)에 닿아서
한밤을 비우고 가나

시계방에는 시계가 많다

시계방에는 시계가 참 많다
어느 사이엔가 문득
내 팔목에도
시계가 하나 생겼다
내 시계 침은
시계방의 시계처럼
쉼없이,
중심을 밀지 못한다
다만 그 시간에
내가 거기 있거나 없음을 알릴 뿐이다
내 시계 침은 끝없이 나아가서
원을 그리며,
시계 밖으로 나가지 못한다
시계방의 시계들은
빛나게 먼지를 뒤집어쓰고
오래되고 낡아간다

심장이 찰칵찰칵 뛴다

개가죽나무

옥상은 숨통이다
심호흡을 하듯이 옥상으로 간다
하품은 굴뚝청소와 같다는데,
말하자면, 옥상에 가는 일은 하품과 같은 것이다
비를 두어 번쯤 맞은 꽁초는
내가 모르는, 내가 아는 사람의
하품의 흔적이다
그 길 끝에서 나는
세상의 옆구리로 뚫린 구멍을 만난다
언더그라운드로 밀려난
빛 바랜 샐비어 화분도 조촐하다
문틀이 어긋나서 여닫을 때 철커덩 소리가 나는
출구에 서서 나는
내 키보다 조금 야트막한 개가죽나무를 만난다
수조와 벽 사이에, 퍽이나
깡마른 체구에도 녀석은 천생 개가죽나뭇잎을 가졌다
녀석과 나는 인사를 튼 사이지만,

가끔씩 나는 새삼스레 녀석과 나의 숨통이 잇닿은 것을 본다

살생(殺生)

쌀독에 벌레가 슬었다
공터에 신문지를 깔고 석양에 쌀을 넌다
여기저기 하얗게 꿈틀거리는 벌레들이
마음의 조감도 같다
놈들은 일제히 햇살 반대 방향으로 긴다
산다는 것이, 때로는
사방천지가 사지(死地)인 것을 모르는 때가 있다
그마저 방향을 잡지 못하고
햇살과 각을 이루거나,
마주보자고 고개를 쳐드는 놈도 있다
한쪽 방향으로 기는 놈들은
제 발로 신문지를 벗어날 것이니,
좌충우돌하는 놈들만 손가락으로 집어낸다
손가락에서 빠진 놈들은 몸을 웅크리고
쌀인 체한다
살겠다는 것이 겨우
눈 가리고 아웅인 때가 있다

늙수그레한 아주머니 하나가
쌀을 햇볕에 내어 말리면
토막나서 못 쓴다고 한마디 던지고 간다
그러나 나는 내 아까운 쌀알들을 뭉쳐서
제 멋대로 집을 짓고
쌀통을 저희들의 종로통으로 만든 놈들을
더이상 용납할 수가 없다
녀석들은 꿈틀꿈틀 동쪽으로 기어서
쌀을 벗어나고, 신문지를 벗어나고
보도블록을 벗어난다
사지(死地)는 배를 미는 것을 그치는 그곳이다
이 사면초가(四面楚歌)로부터 어디로 갈 것인가
햇살 쪽으로도, 햇살 반대쪽으로도
햇살과 각을 이루지도 못하는 한마리,
눈곱만치도 제몫의 쌀을 축낼 수 없는 한마리가
지금 막 지는 햇살 속에서
한끼 저녁을 놓치지 않기 위해

서둘러 쌀을 거두고

보도블록에 뱃바닥을 미는 놈들을 밟고 간다

미륵사지를 지나며

이쑤시개만도 못한 것이 붓다구나
아무짝에도 쓸모가 없어서
천년을 제사 지내준 절 하나 지키지 못했구나
제 형상 하나 일으키지 못해서
행려병자처럼 누웠구나
기운 돌탑에 비낀
초가을 짧은 햇살이여,
이 진실을 보이려고 누가 여기 왔었구나

제3부

바닷가 연(蓮)못

빼흐르르르 라로 빼르르르 흐로 빼비추 까르르르
뽀비추 호로로로 개개비 울고
물까마귀
차르르르 락 락 락 물수제비 떠 날아오르고

여기저기 저기여기
백련(白蓮)은 흩어지고
뻑 뻐끔
뻑 뻐끔
붕어는 수초 사이에서 입질

해송숲에 바람 간다, 봐라
쉬바 쉬바

퍼드덕 파다다다다 푸르륵
물닭은 연잎을 건너뛰고
개개비

이 갈대숲에서 저 갈대 숲으로 곤두박질

부들숲에 바람 부는데
버들숲에 바람 가는데
유리궁전같이 유리궁전같이
기둥도 없는데
기둥이 없어서

추석, 경춘선

내외가 마주 앉아서
수화를 한다
잠든 아이를 하나씩 안고
마주 앉아서
손짓과 몸짓과 얼굴짓을 한다
살아 있는 것들의 잉잉거림 속에는
말 못할 아우성은 있어서
손짓보다 눈망울에 벌써 맺힌다
손바닥으로 가슴을 탁탁 치는 것과
손가락을 접는 것과
가새지르는 것과 어깨를 짚는 것과
그 속에는 말 못하는 것을 낳고 기른
윗대의 말 못할 눈물바람도 있어서
갑절은 더 우렁차기도 한 것이다
제 아비와 어미에게 안겨 잠든
저것들에게도
말 못할 내림은 또 있어서

입이 열렸어도
가슴 탁탁 치는 일은 또 있을 것이다
말 못하는 내외의
맞고함 속에
살고 싶은 것이 치밀어오른다

하루살이, 하루살이떼

지랄, 지랄,
저것들이 저렇게 환장하게, 육실허게 붐벼쌓는 건
살아서 좋다는 것인가
살아서 못 살겠다는 것인가
염병, 염병,
저것들이 저렇게 미치게 몰켜쌓는 건
어쩌란 것인가
어떻단 것인가
오살, 오살,
서산에는 막걸리 한동이 걸판진데,
바짓가랭이 타고 오르는
풀냄새,
환장헐 풀냄새
어떤 여편네 와서
가슴패기 호밋날로 콱 찍어줬으면
육실, 육실,
저것들이 왜 저 지랄인가

이것이 왜 이 지랄인가
이 물살,
가슴물살 살물살을 어쩌자는 것인가
어쩌라는 것인가

하여간

술자리에서 들은 얘기라 어떨진 모르겠는데, 하여간
청어(靑魚)라는 물고기가 있다는데, 하여간
그게 횟감으로는 참 끝내준다는데, 하여간
그놈 성질이 하도 급한 나머지
배 위로 올라오자마자 목숨을 탁 놓아버리는 바람에
그 착 감기는 살맛 보기가 여간 어렵지 않다는 것인데,
하여간
어느 코쟁이 나라의 좀 똘망똘망한 어부가
어찌하면 이걸 산 채로 도시에 가져가서 팔아먹을 수
있을까
밤낮으로 짱돌을 굴리다가
아하, 그렇지!
그럴싸한 수를 한가지 냈다는 것인데, 하여간
큼지막한 어항을 하나 만들어설라무네
거기 바다메기를 두어 마리 풀어놓고는
청어란 놈을 잡아 올리는 족족
어항에 집어넣어서는

득달같이 도시로 내달았다는 것인데, 하여간
청어란 놈은 바다메기한테 잡아먹힐까봐
어항 속에서 뺑뺑이를 도느라고
미처 죽을 새가 없다는 것인데, 하여간
(그 어항은 얼마만 할까
서울만할까,
우리 동네 등대횟집 수족관만할까, 하여간)
잡아먹히는 놈은 잡아먹히고
헐레벌떡,
살아남은 놈은 또 살아남아서
남의 생살 깨나 밝히는 혀들을 착착 감고 도는
값비싼 횟감이 되었다는 것인데, 하여간
오늘 아침에도 나는 지은 죄도 없이
버스에서 내려 허둥지둥 택시 갈아타고 직장으로 내빼
는 것인데, 하여간

서울—포항간

저 볼록한 봉우리들
곡선들
흘러내리는,
축축한 골짜기들
헉,
움푹 패인 둠벙들

저것들은 하늘을 향해서 —

천궁(天宮),
푸르름으로 우묵한 하늘은
멀어지듯 내려와
투명한 살 속으로 들어간다
햇살은
길고 굽은 손을 뻗어
봉긋한 데를,
우묵한 데를 어루만진다

산다는 것은,
이 무궁한 에로티시즘에 대한 복무이기도 한 것인가

선재와 자전거

당신의 한채의 집을, 커다란 집을
가로질러갑니다
갈대와 돌피는 흔들리고
벼는 익어서 바인더가 갑니다
볏잎이 햇살에 비쳐서
은행잎 한떼거리가 노랗습니다
철둑가 배추포기는 뒤뚱뒤뚱 서른두 냥
무 뿌리는 쑥쑥 올라와
무청의 바다를 이뤘습니다
아내는 저 수풀 뒤로 돌아가서
무얼 좀 하자고 합니다
부추밭은 넓어서 흰 꽃이 하늘거리고
그 한가운데서 삽사리가
한쪽 다리를 들고 쉬를 합니다
족제비가 수수밭을 따라 사생결단으로 달리다가
콩밭머리로 급선회합니다
누가 또 들깨밭을 수선스레 지나갑니다

당신의 집은 뻥 뚫려서 질러가기 좋습니다

* '선재(善哉)'라는 말씀이 나오는 책을 봤습니다. 빨리어로는
'싸두!'라고 합니다. 하기야 어떤 책에는 '선재(善財)'라는 이
름을 가진 소년도 있습니다.

파계(破戒)

호박을 훔쳤다. 두 덩이를 따서 한 덩이는 형근이형네 주고, 한 덩이는 우리가 실어왔다.

봄에 씨뿌릴 때 한번 보고는 그 주인을 영 본 적이 없다. 둔덕에 심은 호박덩굴이 밭을 서른 평은 덮었다. 그래서 밭 한가운데 있는 형근이형네와 우리 주말농장 문턱까지 쳐들어왔다. 우리 두렁에서 빤히 넘어다보이는 그 덤불 속에 덩그런 호박 두 덩이가 누런 엉덩이를 까고 볕을 쬐고 있었다.

그 다음 주말에 본가(本家)에 가서 어머니와 형수한테 혼났다. 왜 남의 호박을 따냐? 고추 심을 때 보고는 주인을 한번도 못 봤다니까. 명아주가 청려장(青藜杖)을 만들어도 된다니까. 그래도 남의 걸 왜 훔치냐?

나는 계를 어겼다.

그런데요 부처님, 그걸 신발장 위에 올려놨더니 덩그러니 썩 보기가 좋은데 어떡하지요? 그 자리에 다시 갖다 놓을까요? 집사람이 나중에 그걸로 호박죽을 쑨다는데, 곧 대림동으로 이사를 가신다는 1001호 할머니랑, 집사람이 아무리 인사를 해도 내외를 하는지 도무지 받지 않는다는 1003호 아저씨네랑 나눠먹으면 안될까요? 앞으로 다시는 안 그럴게요.

공고: 고양시 화정동 은빛마을과 찬새미 어름 국사봉갈비 지나 화정골유황오리 옆 주말농장 둔덕에 호박을 심으신 분은 연락주세요. 사례하겠습니다. (연락처: damsan@hanmail.net)

운봉목장 뒷산

그 봄에 먼 친척 자형으로부터 운봉목장 뒷산 철쭉이 좋다는 얘기를 듣고 두셋이 어울려 거기 갔었다. 산의 밑둥으로부터 더퉈 올라간 철쭉이 봉우리까지 치달아올라서 그 마지막 꽃봉을 막 터뜨린 즈음이었다. 호랑이도 몇 마리씩이나 장가가는 날이었다. 잡목 하나 섞이지 않고 봉우리 하나가 온통 철쭉을 뒤집어쓰고 있었다.

그 꽃 속에 들어가서 사진도 몇장 찍고, 길게 뻗은 꽃그늘에 앉아 머루주도 두어 잔 마시고 막 모퉁이 돌아서려는데, 저쪽에서 웬 때아닌 넋두리가 들려왔다. 입때껏 이런 데도 한번 못 와보고이. 살았달 것이 없네이. 살았달 것이 없어이. 눈으로 보는 구경 또한 드문 것이었지만, 귀로 듣는 구경 또한 희유한 일이었다. 뱀사골 쪽 능선으로 빠지며, 지팡이는 옆에 던져두고 꽃 한번 보고 넋두리 한번 오물거리고 꽃 한번 보고 코 한번 훌쩍이며 눈물을 짜쌓는 칠순 노친네를 보았다. 그 곁에는 첫서리 맞은 초로의 아들 며느리도 꽃빛에 낯이 붉어져서 엉거주춤하게 서 있었다. 그 옆으로 지나는데, 그 노친네 우리를 힐끗

거리며 또 타래를 풀어내었다. 젊은 게, 저렇게 좋은디. 저렇게 노루같이 띈다. 인자는 못 오것지야이. 살아서는 못 오것지야이. 귀밑머리 허연 아들 옆 세우고 쪽진 머리가 올올이 파뿌리 같은 노친네의 넋두리 장단이 그럴싸했다. 우리는 그 넋두리를 하릴없이 농으로나 받는 아들의 말이 뒤통수에 붙을세라 암소 등허리 같은 능선으로 뛰어 내달았다. 그날 나는 그 능선을 다 내려오지 못하고 뒤가 급해져서는 호랑이네 잔치국수 몇가닥에 낯바닥이 불콰해진 찔레 덤불 뒤로 돌아가 유난히 붉은 철쭉 그늘 아래 김이 모락모락 나는 똥을 한무더기 질펀하게 싸놓고 내려왔다.

멍석 말리는 공터

햇살 참 쨍한 날
참새 두 마리가
정을 통하는 것인지 다투는 것인지
공중에서 부리를 톡톡 부딪치며
날개를 푸덕푸덕 맞부닥친다
이내 서로 맞붙어서는
더 날지 못하고 멍석 귀퉁이에 내려서
두 부리를 맞대고
꽁지를 맞대고
희뿌연 배를 드러내고
마주 누운 듯, 싸우는 듯 푸덕댄다
오래 같이 살아서 오누이같이 된 내외가
점심 먹으러 가는지
서로 이만치 떨어져서 가다가
거기 눈을 주느라고 서로 가차워져서는
얼핏 마주 웃는다
귀밑머리가 하얘도 내외는 하느라고

수건 쓴 안은 먼저 가버리고

모자 쓴 바깥은

두 놈이 제각기 날아가

딴청 피우듯 이쪽 저쪽에서

꼬리를 갸웃갸웃 하는 걸 보고서야

생각난 듯 성큼성큼 발을 옮긴다

저만치쯤 가서

이왕 다시 가차워진 김에 슬며시 안의 손을 쥐어본다

안은 한 스물다섯해 같이 한 손길에도 움찔한다

비 갠 날

지렁이 두 마리가 장다리 밑둥에서
몸통 한쪽을 서로 잇대고
근육운동을 한다
엉긴 데가
붉다

집게를 가진 검은 갑각류 두 마리가
이쪽 고추밭머리에서
지렁이 한마리의 양끝을 물고
줄다리기를 한다
가운데가 뚝 끊긴다

키 큰 장다리꽃 무리가 노랗다

제4부

가을볕

가을볕 따갑다
벼 모가지 잘도 숙겠다

미륵사지 가고 싶다

금마에서 자전거 한대 빌려 타고
서탑 곁 팽나무 그늘에 가서
윗단추 풀어 불어넣는 시원한 바람이며

미륵산턱 그늘 좋은 너럭바위에 앉아
새물이 공포 펑펑 터지는
가을볕 너른 들판 바라보는 것이며

성가신 볕살에 눈살 찌푸리다가
손등으로나 가리고 드는 낮잠이며

주인공아, 주인공아 해쌓던 사자암 스님

아직 계신지 들러서는
일없이 앉았다가 내려오는 산길이며

해거름 토하 냄새 흘러나오는 집
그 집 툇마루에서 보는 텔레비전이며

참 엉뚱스런 시인 몇이서
전북집에서 개고기 먹고 나오며
초가을볕이 자꾸 눈을 찔러서는

입춘(立春)

봄이 든다는 것인지, 봄에 든다는 것인지
타닥타닥 청솔가지 타는 아궁이에
풀을 쑤는 어머니와
한지(韓紙) 접어 자르고
먹을 가는 아버지 사이를
콧구멍 오르내리는 콧물만큼이나 들락거렸다

어젯밤 녹화해놓은 다큐멘터리나 보면서
발톱이나 깎으면서
으험, 어흠
천장에 '立春大吉 建陽多慶'을 붙이고
지게 지고 뒤란 돌아가는
아버지의 기침이
마당귀에 가서 눈석이는 걸 듣는다

고드름 떨어지는 눈 녹는 날 오후를
아우와 나는

썰매 창이며 팽이 던져두고
이불 속에서 발가락이나 까닥거리다
킬킬거리다
타닥타닥 아궁이에 청솔가지 튀는 소리를 듣는다

밤섬

며칠째 마포와 여의도 사이,
하늘과 땅 사이가
휑해서는
갈대 꽃술까지 새뜩하다

그예 모래톱과 그 어름에
물오리떼가
때가 이렇다 하고

까맣다

혹은 물방울을 튀기며 홰를 치며
혹은 목을 감으며 겨드랑이를 후비며
혹은 물수제비 뜨듯 내달으며

떼에서 이만치 떨어져나온 두 마리가
남 의심하기 딱 좋게

뭐, 참 열중이다

가을 끝물 자투리 볕이 따스하다

여름 한거(閑居)

비 지나온 바람

살갑고

구름 씻긴 산

늠름하다

산비알 사과밭에

볕들고

너럭바위

산벚나무 그늘은 작설맛이다

한낮

찰옥수수가 익으신다
붉은 수염
점잖게 쓸어 잡수시고
할아버지 할머니가 익으신다
비탈밭,
불볕에 익으신다
낯빤대기도 보기 전에
배부터 불러온
귀때기 새파란 며느님같이 익으신다
허리 자빵하게 잦히시고
세 분 네 분 익으신다
손주놈 흰 이빠디에
누런 이빠디 몽창 잃으시려고 익으신다
성하(盛夏),
녹음에 익으신다

모자

장모님이 새 자전거를 샀다고 모자를 선물로 보내셨다
늦은 술자리에서 돌아와
헐렁한 생활한복에 모자를 쓰고
각설이 흉내를 낸다

어릴 때 꿈 중에는 승려와 거지도 있었다

경계

냉이꽃이 탱자나무 울타리를 넘는다
한발 한발
뚤레 뚤레
사방 곁눈질을 한다
한발이 저도 모르게
경계를 넘자마자,
막무가내다
떼로 몰려가서 까르르 까르르 웃는다
급기야 탱자나무 울타리도 하얗게 자지러지고 만다

봄날, 집을 보다

배밭에 바람 흔적이 있다

가지에 푸른빛이 돈다
흙바닥에 푸른 기가 있다

이런 날은 시를 읽어도 소용없다

햇살이
하늘뿐 아니라
이 몸통이나, 나무와 바윗덩이와
길을 투과하고 있다

없는 씨앗에서도
싹이 돋겠다

아내도
햇살 핑계로

누굴 만나러 나간 오후다

두 산등성이가 내려와 맞닿는 곳에서
먼 산이 가깝다

깊은 산에 노루가 개처럼 짖겠다

할머니의 봄날

볕 아깝다
아이고야 고마운 이 볕 아깝다 하시던
말씀 이제사 조금은 알겠네
그 귀영탱이나마 조금은 엿보겠네
없는 가을고추도 내다 널고 싶어하시고
오줌장군 이고 가
밭 가생이 호박 몇구덩이 묻으시고
고랫재 이고 가
정구지 밭에 뿌리시고
그예는
마당에 노는 닭들 몰아 가두시고
문이란 문은 다 열고
먹감나무 장롱도
오동나무 반닫이도 다 열어젖히시고
옷이란 옷은 마루에
나무널에 뽕나무 가지에 즐비하게 내다 너시고
묵은 빨래 처덕처덕 치대

빨랫줄에 너시고

그예는

가마솥에 물 절절 끓여

코흘리개 손주놈들 쥐어박으며 끌어다가

까마귀가 아재, 아재! 하고 덤빈다고

시커먼 손등 탁탁 때려가며

비트는 등짝 퍽퍽 쳐대며

겨드랑이 민둥머리 사타구니 옆구리 쇠때 다 벗기시고

저물녘 쇠죽솥에 불 넣으시던 당신

당신의 봄볕이

여기 절 마당에 내렸네

당신 산소에서 내려다보이는 기슭에는

가을에 흘린 비닐 쪼가리들 지줏대들 태우는 연기 길

게 오르고

이따금 괭잇날에 돌멩이 부딪는 소리 들리겠네

당신의 아까운 봄볕이

여기 절 마당에 내려 저 혼자 마르고 있네

제5부

이사

아버지와 어머니의 집을 나선다
책과 책상을 꾸리고
옥상에서 내려온 장독 몇개를 받아서

그 중에는 눈곱만큼 살림이 펴면서
헌옷만 입고 헌책만 보고
헌책상만 썼다고
눈물바람으로 사주신 책장과
옷가지도 있다

테이프로 봉해진 사과박스 속에는
아버지의 필사본 『동국사기』와
할아버지의 생계를 달았던 저울도 있다

어머니는 짐칸 난간을 붙들고
잘 살아라, 잘 살아라 하지만
당신은 곧 아들이 없는 방을 보게 될 것이다

당신 곁을 떠나서 몇년,
몇번의 이사에도
서른세 해 하루도 이 집을 떠난 적이 없는 것 같다

어쩌면 나는 아버지가 물어나르고
어머니가 지은
한채의 집인지도 모른다

내가 이렇게 미끄러져 가듯이
당신도 당신의 한채의 집을 떠나보내는 것이다

신혼

아내의 몸에 대한 신비가 사라지면서
그 몸의 내력이 오히려 애틋하다

그녀의 뒤척임과 치마 스적임과
그릇 부시는 소리가
먼 생을 스치는 것 같다

얼굴과 가슴과 허벅지께를 쓰다듬으며
그녀가,
오래 전에
내 가슴께를 스적인 것이 만져진다

그녀의 도두룩하게 파인
속살 주름에는
사람의 딸로 살아온 내력이 슬프다

우리가 같이 살자고 한 것이
언젠가

이런 저녁

아내와 함께
베란다 창틀에 기대앉아
늦은 저녁바람을 쏘이는 시간
아내는 일년 중에 몇 안되는 이 시간이
참 좋단다
살아 있다는 걸 느껴 나이가 든다는 거

바람이 와서 살갗에 닿는다
자꾸 와서 닿고는
또 떠난다

붙들 수 없는 것들이 자꾸 간다
폭포수같이 간다

꽃몸살

몸살 한번 되게 앓은 뒤에
산길 간다
이 화창한 날을 보려고
되게 한번 튼 것인가
볕살만큼이나 가벼운 몸이다
배꽃보다
거름냄새 짙게 흩어진 날인데,
오늘이
살아온 날과
살아갈 날이 시소 타는 그날인가
당신만 늙어가는 것 같다고
취로사업도 잃은 아버지는
백주에 약주
아직도 아버지와 적대하는 내게
형님은 나무라는 전화 넣고
당신이 그랬듯이,
이쪽에서 당신을 품어야 할 나이인가

배꽃보다
분뇨냄새 짙게 흩어진 날인데,
갓 피어나는 것들은
갓 피어나는 그것만으로 아름다운 것인가
몸살 지난 몸처럼이나
가벼운 봄날
바람깃 같은 몸 데리고
산길 간다

쉬는 날

저 푸른 것들을 바라보는 것만으로도
다시없는 위안이어서
오래 발밑을 잊을 때가 있다
이런 쉬는 날
그늘 깊은 단지(團地) 뒷길을
하늘한 바람 데리고 걷는 것이
내가 가진 가장 큰 호사이지만,
나는 아버지와 싸우고
다시 그 앞에서 무릎 꿇지도 않는 것이다
숲에서만은 들숨과 날숨이
삼잎 그림자 마당 쓰는 것과 같아서
내내 그쪽으로만 고개를 뻗었으나,
노냥 그것들만 바라볼 수는 없는 일이어서
아내와 되게 다투기도 하는 것이다
지금 오월 새잎이 만드는 그늘 밑으로
가벼운 뒷짐으로 걸어가지만,
막 아내와 목청을 높인 뒤끝이고,

이렇게 가까운 산빛으로

오래오래 마음을 쏟아내리지만,

이 하늘한 바람을 손에 쥘 수는 없는 것이다

아내의 잠

누가 뭐라 하는 것도 아닌데
아내는
모로 누워 잠을 잔다
웅크려 잠든
아내의 잠은 혼곤하다
잠든 아내와 함께
아내의 피로도
함께 누워 쉬고 있다
나의 삶도 저렇게 누워서
아내의 눈앞에
쓰러져 잠들 때가 있을 것이다
아마도 우리가 함께하는 것은
그런 까닭일 것이다
이 혼곤함을
혼자 감당할 수 없다는 것을
우리가 아는 까닭일 것이다
아내의 아버지와

어머니의
사랑과 원망도
저기 저렇게 누워 있다
몇만년의 유전이
저기 저렇게 함께 누워 있다
아마도
우리가 사랑하는 것은
그런 까닭일 것이다

800번 좌석버스 정류장의 안부

내가 퇴근길에 800번 좌석버스를 타는
신촌로터리 정류장에는
과일이며 채소를 철마다 바꿔가며
골판지 위에 벌여놓는
구릿빛 얼굴이
고구마처럼 긴 아주머니가 있다
매연과 소음과
오가는 인파는 넘쳐도
손님은 없다
간혹은 학교 갔다온 아들과
서로 팔뚝을 붙잡고
밀고 당기며 장난을 치는데
그때 아주머니의 안부는 무사하다
혼자일 때 아주머니는
멀리 가지도 못하고
장독대 뒤에 숨은 소박데기 같다
옆자리 아주머니가 농을 건넬 때도

구릿빛 얼굴에 흰 이는

쓰다

아들놈과 서로 옆구리를 툭툭 치고

서로 넘어뜨리려 안고 돌 때

구릿빛 꽃받침에는 흰 꽃이 핀다

나는 과일 한알

채소 한단 팔아준 적 없이

퇴근길마다 아주머니의 안부를 살핀다

어머니에게 가는 길

아이가 지하철 안에서 햄버거를 먹는다
어머니는 손수건을 들고
입가에 소스가 묻을 때마다 닦아낸다
아이는 햄버거를 먹는 것이 세상일의 전부다
어머니는 침 한번 삼키는 일 없이
마냥 성스러운 것을 바라보는 얼굴이다

어머니는 저 성스러운 것에 이끌려
무화과같이 말라간다
모든 성스러운 것은 착취자들이다

집에 가는 길

내 집까지 가는 길도
집 앞에서 내리지 않고
미리 내려 걸어보고 싶을 때가 있다
아내는 경주로 수련회 가고
나는 강원도에서 한 보름 머물다가
집으로 돌아오는 길
두어 정거장 먼저 내려 걸어본다
한걸음 한걸음 내딛는 발걸음이
낯설다
오래 걷지 않으면
이 길도 잊혀질 것만 같다
집이라는 것은 아무래도
그곳까지 가는 걸음에서 일어나는
마음의 무늬인 것만 같다
아내와 함께 무늬지어 가는
이 가벼운 집이 곧 날아가버릴 것만 같다

쌀밥

먼 지방에 와서 먹는 점심, '이천 쌀밥'이라고 큼지막하
게 쓴 집에 들어서
우연찮게 비싸지 않고 맛깔스런 점심을

웬일인지 밥은 아래로 내려가는데
물기는 위로 묻어 올라온다
내게 이 쌀밥 한그릇 대접할 시간이 허락된다면
큰형님 쪽으로 이 고들빼기를 밀어줄 수 있다면
오늘은 아침에 은행까지 들러 와서
지갑이 두둑한데
당신도 나도 이런 밥 한번 따뜻이 산 적 없이

당신은 일찍 넓은 데로 나가셔서
형제가 함께 밥을 먹은 것이 몇번인가
어려서 아버지 어머니 밑에는
아우와 나만 남아
당신 세 분 모처럼 오셔서

오형제가 판자를 켜서 탁구대를 만드는데
큰형님은 내게
당숙네 장도리 심부름을 시키셨지
나는 형님들 웃음소리를 듣는 것이 좋아서
가지 않겠다고 우겼지
큰형님은 어린놈이 고집만 세다고 회초리를 드셨는데,
큰형님은 언제나 아버지 맞잽이여서
오늘까지 한번도 그것을 원망한 적 없는데
아우한테 이런 쌀밥 한그릇 얻어먹는 것이 사치여서
그냥 가셨나

언제나 멀고 어두운 것들 쪽으로만 고개를 돌리던
아우가 못내 아심찮던 큰형님
내게도 오늘은
입에 밥 들어가는 것이 가장 큰일
밖에 나오면 점심은 예사로 굶던 그런 때
밥이라면 왜 그토록 고개를 외로 돌렸는지

오늘은 이 어만 데 와서
아무렇지도 않은 밥상을 앞에 두고
당신께 꼭 이런 밥 한번 사고 싶어서
칠천원짜리 비싸지 않은 이 쌀밥 한그릇

입에 밥 들어가는 것이 큰일인 사람끼리 밥 한그릇 함
께 비우고
낯설 것도 없는 도시
한적한 골목을 함께 걸어나갈 수 있다면
그냥 그럴 수 있다면

해설

느끼는 것이 전부이다

박형준

장철문의 이번 시집에서 내게 가장 아프게 다가온 것은 「쌀밥」이다. 그는 작년 봄 미얀마에서 돌아와서 직장을 갖지 않고 한동안 토지문화관에 머물렀다. 그는 그때 아내가 있는 집과 그곳을 오가며 잠시 거쳐가는 어느 소도시에서 점심을 먹으며 죽은 큰형을 생각했던 모양이다. 그가 우연찮게 점심을 먹기 위해 들른 "'이천 쌀밥'이라고 큼지막하게 쓴 집"은 그의 '기억의 상'을 강렬하게 전해준다. 5년 만에 출간하는 두번째 시집의 끝머리에 수록된 이 시는 첫시집의 표제작이면서 역시 끝머리에 실린 「바람의 서쪽」과 맞물려 읽힌다. 「바람의 서쪽」은 구릉에 나뒹구는 지석묘를 바라보며 "돌을 나른 사람도/

돌 밑의 사람도" 그 무게를 내려놓고 싶었을 것이라는 상상과 "바람 밀려가는 서녘"에 대한 동경을 그리고 있다. 그는 폐허의 구릉에 가부좌를 틀고 있는 지석묘에서 기억의 무게를 내려놓는 일이 '서녘'으로 통하는 길임을 발견한다. 왜 그럴까. 우선 「쌀밥」은 아버지의 '맞잽이'일 수밖에 없는 오형제의 장남인 큰형에 대한 진혼가로 읽힌다. 오형제의 4남인 화자는 "오늘은 아침에 은행까지 들러 와서/지갑이 두둑한데/당신도 나도 이런 밥 한번 따뜻이 산 적 없"다고 말한다. 이 구절은 가난한 시골 출신으로 한 집안을 일으켜야 하는 책임을 떠안을 수밖에 없었던 큰형과 이제 큰형의 죽음으로 장남의식을 물려받아야 하는 4남의 관계를 상징적으로 보여준다. 그래서 4남인 그가 한그릇의 더운 쌀밥을 큰형 쪽으로 밀어줄 시간이 허락되기를 간구하는 것은 "입에 밥 들어가는 것이 큰일인 사람끼리" 함께 더운밥을 비우고 서로에게 부과된 기억의 무게를 내려놓고자 하는 성스러운 의식이다. 이런 사고는 「바람의 서쪽」에서 "돌을 나른 사람"과 "돌 밑의 사람" 간의 영혼성을 상기시킨다.

이러한 '기억의 상'은 그의 첫시집에 고스란히 매복해 있다. 그가 드물게 "애비여, 개새끼들이여"라고 풀섶에 까치독사가 똬리를 틀고 있듯, 낮은 목소리와 겸허한 표정 뒤에 감춘 매서운 독기를 내뿜고 있는 「고해」라는 시에서 그는 그에게 부과된 과거의 기억들이 얼마나 강렬한지 혈관 속에 뿌리내렸다고 말한다. 그것을 녹이지 않고서는 단 한발짝도 나아갈 수가 없다는 선언의 이면에 "오늘까지 나는 세상을 자정이 넘은 거리로 보아왔다"는 의식이 도사리고 있음은 물론이다. 첫시집의 「하늘꽃」과 「봄마당」에 나타난 바와 같이 그는 두 형을 잃었다. 문학청년이던 둘째형은 '골방'에서 글만 쓰다 세상을 떠났고, 군인이던 큰형은 헬기사고로 세상을 버렸다. 다섯 남자들로 이뤄진 '장수'라는 전라도 산골짜기에서 서울로 올라온 형제는 서로 둘러앉아 "따순 밥 한그릇" 권할 새 없이 형체도 없는 기억으로 혈관에 뿌리내린 것이다. 아버지와 '맞잽이'인 큰형의 죽음은 집안의 대들보가 빠진 격이었지만 둘째형의 죽음은 그에게 문학을 전수했다는 점에서 물론이려니와 심정적으로 통하는 사람이 없어졌다는 점에서 충격이었을 것이다. 이런 점은 「봄마당」이라는 시에서 그가 "작은 형 묻힌 뒷산 기슭에는 / 진달래빛 옅고 / 뜰방귀 달팽이 껍데기에 / 햇살이 부시다"라고 말한 구절에서 애달픔의 정도를 가히 짐작할 뿐이다. 더불어 둘째형이 골방에 틀어박혀 글을 쓰는 모습을 보며 성장한 동생이 후일 기억의 폐쇄성을 뛰어넘어, '더운 쌀밥'을 슬며시 삶 쪽으로 밀어넣는 시를 쓴 것은 너무 당연한 것으로 보인다.

내가 그의 두번째 시집의 교정쇄를 읽으면서 뇌리에 박힌 단어는 '프로펠러'였다. 프로펠러는 수중 또는 공기 중에서 회전하여 배나 항공기에 추진력을 제공한다. 하지만 프로펠러가 비행기에서 떨어졌을 때 프로펠러는 통제 불가능한 위험한 짐승이다. 「기억의 프로펠러」는 "기억의 광기"로 씩씩거리는 먼 옛적으로부터 날아온 프로펠러를 통해 과거의 기억들이 현재에 미치는 위험성을 환유적으로 표현한다. 그런데 이 시는 내게 김수영의 「달나라의 장난」의 한 구절을 떠오르게 한다. "비행기 프로펠러보다는 팽이가 기억이 멀고/강한 것보다는 약한 것이 더 많은 나의 착한 마음이기에/팽이는 지금 수천년 전의 성인과 같이/내 앞에서 돈다." 이 시에서 팽이를 돌리는 아이는 집이 살 만한 "노는 아이"이다. 아이가 줄팽이의 밑바닥에 끈을 돌려 매어 손가락 사이에 한끝을 끼워 잡고 방바닥에 내어던지자 소리없이 회색빛으로 변해 도는 것이 김수영에게는 달나라의 장난 같아 보인다. 밤에 놀러간 집에서 너무 회전력이 좋아 팽이가 까맣게 변하여 서 있는 것을 보며, 그것이 김수영에게는 "영원히나 자신을 고쳐가야 할 운명과 사명"을 비웃는 것처럼 보인다. 프로펠러처럼 끊임없이 추진력을 발생시켜 근대를 향해 나아가야 했던 김수영에게 "노는 아이"의 줄팽이는 그 회전력이 실상은 정지라는 것을 말해준다. 아무리 방심하지 않고 고쳐 나아가야 할 운명과 사명을 향해 투신하여도 제자리로 돌아올 수밖에 없음은 그 역시 "살림을 사는 아이"(이것은 모던 보이다운 김수영식 표현이겠으나 장철문에게는 '일하는 아이' 정도가 되리라)였기 때문이다. 장철문 역시 김수영처럼 프로펠러를 통해 자신의 운명을 바라본다. 그는 어려서부터 '일하는 아이'여서 그를 앞으로 내닫게 했던 프로펠러가 제 회전력을 이기지 못하여 퉁겨나가는 모습을 본다. 그 역시 "노는 아이"였다면 까맣게 변한 프로펠러의 중심을 보았으리라. 하지만 아무리 자신의 혈관 속에 뿌리내린 기억의 운명을 고쳐나가려 해도 "기억의 광기"는 "떨어져나온 엔진의 기억"을 소진하지 못한 채 "식어버린 엔진의 미련"에 헐떡인다. 운명의 갱신이란 기억의 무게를 내려놓았을 때 비로소 찾아오는 까닭인가.

그가 2001년 6월 미얀마에 스님 연습하러 떠난 것은 이런 저간의 사정 때문이었을 것이다.

미얀마에 가기 전까지 그는 7년인가를 출판사에서 근

무했다. 그 기간 동안 그는 하루종일 책상에 고개를 파묻고 교정지를 넘기며 "이 중에 몇권이 꼭 만날 사람을 만나/그를 얼마나 오랫동안 창가에, 혹은/길모퉁이에 세워둘까?"(「얼마나 많은 나무들이」, 『바람의 서쪽』) 하는 환청을 들었다. 그에게서 교정지의 까만 글자들은 그가 한장 한장 넘길 때마다 바스락거리는 소리를 내며 새가 되거나 잎이 되어 머릿속을 어지럽혔다. 그는 나무가 책이 되는 시간 속에서 얼마나 많은 숲의 파닥거림과 숨결과 여린 살과 노래가 숨죽였을까를 상상하며 자신이 만든 책을 천장에 닿을 때까지 쌓아나갔다. 그에게서 책은 부서지고 으깨지고 표백되고 잉크가 찍힌 집이었다. 그것은 기억으로 된 집이었고 몸체를 잃은 위험한 프로펠러였으며, 먼지 속에 스러져 쉬어야 할 녹슨 갑옷이었다.

그와 처음 만난 것은 1996년 무렵이었다. 그 시절 나는 작은 신문사 문학담당으로서 그와 같은 책의 하인이었다. 하루종일 신간서적을 읽고 리뷰를 써서 밥벌이를 하고 있었다. 마침 내가 다니던 회사가 창비와 가까운 마포에 있었고, 또한 창비에서는 부지런히 작가들의 책을 펴내고 있었기에 일주일에 한번씩 책을 받으러 들렀다. 장철문은 그때 막 시단에 얼굴을 내민 신참으로 그곳에서 밥먹고 있었는데, 신참답지 않게 심심한 얼굴을 하고 있었다.(그때도 그는 '동학'에 관심이 많았고, '절' 이야기를 자주 했으나 나에게는 그것이 뜬구름 잡는 것처럼 들려서 한귀로 흘려버렸다.) 그 시절의 그는 책의 하인으로서 자신의 인생을 '하품'에서 찾았던 모양이다. 일이 고되면 출판사 옥상에 가서 '하품'을 해댄 모양인데, 비를 두어번쯤 맞은 바닥에 떨어진 꽁초는 그와 같은 피곤한 사람이 남긴 "하품의 흔적"쯤으로 알고 혼자 조용히 웃었을 것이다. 그런데 옥상에는 개가죽나무가 한그루 자라고 있었던 모양이다. 수조와 벽 사이에서 그보다 키가 조금 야트막한 개가죽나무는 깡말랐으나 잎을 부지런히 피웠으니 그와 개가죽나무는 서로의 하품으로 숨통을 연결하고 있었던 셈이다.

이러한 사고가 이 시집의 제1부를 구성하고 있는 '미얀마 시편'의 한 핵심이 아닌가 한다. 첫머리의 시 「내 복통에 문병 가다」는 미얀마에 가서 처음으로 쓴 시다(장철문에 따르면 각 '부'마다 쓴 순서대로 시를 묶었다고 한다). 통증이란 것이 무엇인가. 통증이란 물리적인 아픔이지만 그것 또한 기억의 퇴적물이 남긴 흔적이 아닌가. 그는 그곳에서 전통적인 남방불교의 수행법으로서 석가모니가 했다는 '위빠싸나'라는 명상을 하며 기억으로부터 자유로워지려고 애쓴 모양이다. 그 와중에 그의 몸과 마음에 찾아온 것이 통증이었다. 위빠싸나의 특징은 자기 몸과 마음에서 일어나는 현상을 있는 그대로 보는 것이라고 한다. 몸과 마음에서 일어나는 현상을 제3자의 눈으로 개입없이 봐야 한다는데, 그런 관점으로 보면 자기 안에서 일어나는 모든 행위의 주체는 '내'가 아니며 순간순간 조건에 따라 일어났다 사라지는 현상에 불과하다. 그 조건에 의한 '불연속적 연속작용'으로서의 몸과 마음이라는 현상을 지켜보는 과정에서 결국 그는 '그'가 사라지고 '통증'도 사라지는 것을 경험한다. 그는 그곳에서 몸체에서 떨어져나온 프로펠러가 쏘아대는 "기억의 광기"가 조장하는 통증이 아닌, 일어나고 사라지는 느낌 그 자체를 보려 했던 것이다. 이 대목에서 그가 얼마나 기억과 절연하려 애썼는지 알 수 있다.

이러한 일상에서의 '하품'과 명상에서의 '통증'은 그의 이번 시집에서 흥미롭게 읽히는 「마술」로 통합된다.

우리 어머니 요술쟁이 없는 마술을 낳으셨네
우리 어머니 무엇을 낳으셨나?
껍데기도 없이 텅 비었네
우리 어머니 어떻게 아들을 부르시나?
당신의 아들을 찾을 수 없네

아들 없는 우리 어머니 어디에 계시나?

　이번 시집에서 장철문이라는 세계의 문을 여는 열쇠라
고 할 수 있는 이 시는 '어머니—나'의 관계를 그린다. 이
시는 내게 이런 상상을 불러일으킨다. 수천 마리의 오리
가 하늘을 수놓으며 먹이를 찾아 아침에 강으로 나갔다
가 저녁이면 붉은 해를 등에 지고 돌아온다는 남방에서
선방에 들어앉아 수행을 하는 '일하는 아이'. 그는 기억으
로부터 자유로워지기 위해 끊임없이 '무아(無我)'를 확인
하는 수행에 열중한다. 하지만 기억으로서의 '존재'는 자
신을 지우려고 하면 할수록 끊임없이 그 존재증명을 위
하여 고개를 들게 된다. 왜? 그는 "노는 아이"의 자유를
모르니까. '일하는 아이가 아름답다'는 것이 태생적으로
혈관 속에 뿌리내려 있으니까. 그럴 때 자신의 '있음'을
증거해주는 것이 어머니이다. 어머니는 사람이 존재하게
하는 가장 큰 뿌리이다. 그래서 이 시는 얼핏 어머니에
관한 시로 읽힌다. 그러나 문맥대로 찬찬히 읽어보면 이
시는 어머니를 통해 자신의 이야기를 하고 있음을 알게
된다. 어머니는 자신을 아들이라고 부르지만, 따지고 보
면 어머니의 아들이라고 부를 '나'는 없다는 것. 가령 꽃
이 핀다고 할 때 흙과 물과 기온이라는 여러 조건 위에서

가능한 것처럼 '나' 역시 그렇다. '나'라는 존재, 혹은 '꽃'
이라는 존재는 해체해놓고 보면 '나'도 아니고 '꽃'도 아니
다. 그것은 조건이 형성되었을 때, 생성되었다가 스러지
는 것뿐이다. 즉, 항구적인 실체성을 주장할 수 없는 것
이다. 그런데 자꾸 어머니는 '나'를 두고 '아들'이라고 부
른다. 그러나 껍데기마저 없이 텅 비어버린(아마도 그에
게 있어 '텅 빈다'는 것은 공간적 '빔'이 아니라 '조건지어
지다'의 뜻인 듯하다. 그래서 그는 껍데기도 없다고 한 것
이 아닐까?), 그저 순간순간 일어나고 사라지는 작용의
연속으로서의 몸과 마음을 목격했을 때, 기억의 서식처
로서의 '나'와 그 뿌리인 '어머니'는 해체되어버린다. 따라
서 삶을 하나의 '마술'로 본다면, 이 마술은 주체가 없다.
그는 삶이란 순간순간의 모든 것들이 작용을 해서 이루
어지기 때문에 주체가 특별히 없다는 것을 강조하고 싶
었을 것이다. 이러한 극단이 「어머니에게 가는 길」의 마
지막 행에서 "모든 성스러운 것은 착취자들이다"라는 말
을 낳는데, 이것은 성(聖)이 속(俗)을 파먹고 살기 때문이
다.

　이와 같이 그가 미얀마에서 8개월 간 머무는 동안 본
것은 결국 세상에 고통 아닌 것이 없다라는 느낌이었을
것이다. 주체도 없이 조건에 따라 연속되는 그 무엇일 뿐

인 삶. 그는 처음에 나—어머니를 해체할 정도로 수행을 하며 뭔가를 이루고자 했다. 그런데 시간이 흐를수록 뭔가를 이룬다는 마음조차도 기억과 욕망에 불과하다는 것을 깨달았을 것이다. 그것은 추상적인 것이 아니라 몸과 마음에서 끊임없이 솟구치려는 낡은 프로펠러의 몸부림이었으리라.

그런 까닭인지 이 시집에는 아내에 대한 시편들이 심심찮게 발견된다. 「아내의 잠」에서는 아내는 "몇만년의 유전"으로 묘사된다. 삶의 혼곤함을 혼자 감당할 수 없어 함께하는 아내에게서 "아내의 아버지와/어머니의/사랑과 원망"을 발견해내는 행위는 반대로 화자가 모로 누워 있을 때 아내가 바라보는 나의 어머니와 아버지인 것이기도 하다. 그가 「시계방에는 시계가 많다」에서 "시계방의 시계처럼/쉼없이,/중심을 밀지 못한다"는 자신을 질책하면서도 "빛나게 먼지를 뒤집어쓰고/오래되고 낡아"가는 과거이자 미래 사이에 걸쳐 있는 자신을 통찰하는 것은 삶이란 나—너의 관계에서만 가능하기 때문이다. 그러고 보면 장철문의 '하품—통증—마술'은 그가 그렇게 버리고자 했던 낡은 프로펠러의 부속품인 듯도 하다.

교정쇄를 읽어보고 나는 장철문에게 "어렸을 때 거지가 되고 싶은 것은 이해가 되는데 왜 스님이 되고 싶었느냐"고 물었다. 그는 그 말에는 대답하지 않고 두 가지의 이야기를 들려주었다. 먼저 고등학교 1학년 때의 추억이다. 불교학생회의 일원으로 근처의 절에 간 적이 있는데 설법을 하는 스님에게 학생들이 첫사랑 이야기를 들려달라고 한 모양이다. 그때 스님이 한참을 망설이다가 칠판에 이렇게 썼다고 한다. "사랑하는 사람은 만나지 못해서 괴롭고 빚쟁이는 만나서 괴롭다". 그는 말미에 삶에는 빠져나갈 구멍이 없다는 거 (…) 자기가 좋아하는 것도 싫어하는 것도 하고 싶은 것도 피하는 것도 다 괴로움의 요소이니, 그렇다면 어디로 빠져나간다는 것인가, 했다.

또 하나는 할머니였다. 그는 아침마다 할머니와 함께 밭에서 키운 배추나 열무, 그리고 아버지가 양계를 해서 생긴 계란을 팔기 위해 등교길에 2km 남짓 떨어진 면소재지로 향했다. 리어카에 시장에 내다 팔 물건을 가득 싣고 그는 끌고 할머니는 뒤에서 민다. 그렇게 어려서부터 '일하는 아이'는 시장에서 물건을 다 팔고 학교로 간다. 이러한 할머니와 손주의 정은 「할머니의 봄날」이라는 시에 잘 나타나 있다. 그가 성장한 뒤에도 할머니의 봄볕이

여전히 절마당에 내린다고 할 만큼 할머니는 절에 자주 올라가신 모양이다. 어린 그는 초파일이 되면 등을 켜러 절에 가는 할머니를 따라 절에 가고 싶었다. 그러나 무슨 까닭인지 할머니는 어린 손주를 한번도 데리고 가지 않았고, 그는 집에 남아 절에서 할머니가 등을 켜는 모습을 상상하곤 했다.

어쩌면 그가 커서 시를 쓰게 된 까닭 중의 하나도 사람과 사람, 사람과 사물 사이에 발생되는 이런 느낌 때문이었으리라. 시적 수사의 기본이라 할 수 있는 직유나 은유마저 한사코 동원하지 않는, 물에 물 탄 듯 술에 술 탄 듯 심심한 그의 시는 삶을 있는 그대로 받아들이려는 태도의 산물이다. 이렇듯 대상과 나 사이에서 환기되는 순간의 느낌에 집중하는 것은 그의 오래된 서원(誓願)이기도 하였다. 즉 과거와 미래의 '기억'으로부터 자유로운 '지금 여기 이 순간'에 집중된 현재적 삶에 대한 서원. 하지만 그것은 그가 끝내 떨구어내지 못한 기억의 남루한 저 높은 곳에 걸린 '조각달'의 표정이었다. 장철문의 두번째 시집이 각별히 울리는 두 지점이라고 할 수 있다.

朴瑩浚 | 시인

시인의 말

어둡더냐, 살아가는 것이 쓰라리더냐.
적적하지는 않겠구나,
바람 속에 살을 씻기는 것을 보니.
회한도 후회도 없는 자가 있다면,
제 가죽주머니에 바람 새는 것을 모르는 것이거나
건너야 할 강을 다 건넌 사람이겠지.
추운 산맥 쪽으로도, 흐르는 강물 쪽으로도
남루한 몸을 숨길 곳이 없더냐.
그래서 너는 저 높은 곳에 네 표정을 걸어두고
바라보고 있느냐, 가장 높은 바람 위에.
여기 춥고 어두운 입춘날 저물녘을
폐사지 한 채 걸어가는 것이 보이느냐
보느냐, 나 또한 네 표정을 높이 걸어두고
바라보고 있는 것을.

조각달을 바라보며
2003년 2월
장철문

창비시선 228

산벚나무의 저녁

초판 발행/2003년 9월 22일

지은이/장철문
펴낸이/고세현
편집/고형렬 김정혜 문경미 안병률
펴낸곳/(주)창작과비평사
등록/1986년 8월 5일 제85호
주소/경기도 파주시 교하읍 문발리 출판문화정보산업단지 42블럭 5
　　　우편번호 413-832
전화/031-955-3333
팩시밀리/영업 031-955-3399 · 편집 031-955-3400
홈페이지/www.changbi.com
전자우편/literat@changbi.com

ⓒ 장철문 2003
ISBN 89-364-2228-6 03810